바람 따라 흔들리는
풀잎처럼

바람 따라 흔들리는 풀잎처럼

초판 1쇄 인쇄	2024년 11월 1일
초판 1쇄 발행	2024년 11월 1일

지은이	홍성권
펴낸이	백대현
펴낸곳	도서출판 정기획(Since 1996)
출판등록	2010년 8월 25일(제2010-000003호)
주소	경기도 시흥시 서촌상가4길 14
전화번호	(031)498-8085
팩스번호	(031)498-8084
이메일	cad96@naver.com

편집/제작	(주)북랩

ISBN	979-11-93579-01-5 03810 (종이책)
	979-11-93579-02-2 05810 (전자책)

홍성권 시와 수필

바람 따라
흔들리는
풀잎처럼

정기획

추천글 1

    홍성권 님의 시(詩)에는 어린 시절 고향에서의 추억을 단순 소박하고 정겨운 말로 써 내려간 시들이 많습니다. 그 시들은 읽는 이로 하여금 순진무구하고 철없던 어린 시절 그리고 그 어린 시절의 추억이 깃들어 있는 고향을 생각나게 하며, 지금까지 살아온 생을 찬찬히 음미하며 되돌아보게 합니다. 또한, 미래를 향한 비전을 갖게 합니다.

    홍성권 님의 시에는, 어려서부터 신실하게 신앙생활을 해 오면서 체험하고 경험한 깊은 신앙심에 근거한 글들이 많습니다. 그러므로 그 시와 수필들은 읽는 이에게 마음의 위로와 치유를 얻게 하며, 더 나아가 읽은 이의 영혼을 정화시키고 영적 고양에 이르게 합니다.

(전) 겟세마네신학교 교수
김학주

추천글 2

    삼라만상의 뒤안길은 만들어지는 것이 아니라 만들어 가는 것이리라.

    하나의 탑을 쌓으려면 목표를 설계해 놓고 서둘지 않고 한 장의 벽돌을 차곡차곡 쌓아 올릴 때 비로소 목표의 탑을 완성할 수가 있다.

    홍성권 씨가 바로 그런 사람이다.

    홍성권 씨를 알게 된 것은 십오륙 년이 넘은 것 같다.

    처음 만났을 때부터 말이 없이 묵직한 성격으로 남을 배려하며 묵묵히 자신을 지켜 나가는 모범 청년으로, 형과 동생처럼 아끼며 사랑했던 사람이다.

    서로의 하는 일이 다르기에 자주 만날 수는 없지만, 일 년이면 한두 번 길을 가다 만날 수 있는 사이로 바쁘게 살아가고 있다.

    지금은 시흥시 정왕동에서 경기방문요양센터 대표로 활동하고 있으며, 또한 시흥 재가장기요양협회 방문 요양 분과장, 시흥 탁구동호회 회원, 시흥 옥구 피클 볼

클럽 회장, 교회 장로로 바쁜 일상으로 활동하고 있으며, 틈틈이 시간을 할애하여 개인 지도까지 도맡아 하고 있다.

홍성권 씨가 글을 쓰게 된 것은 십여 년 전에 지하철을 타고 가면서 자신이 쓴 글이라며 「사색」이란 글을 한 편 보여 주길래 그 글을 읽어 보고, 문학에 소질이 있으니 글을 써 보는 게 어떠하겠냐고 권유한 적이 있었다. 자주 만나질 못하니 지금껏 글을 익히면서 글을 써 온 줄은 모르고 있었다. 하지만 지금까지 내심 열심히 바쁜 시간을 할애해서 써온 글이 『바람 따라 흔들리는 풀잎처럼』이란 시집 한 권의 책으로 처녀 시집을 낼 정도의 열성으로 준비해 온 것이 대단하다.

그동안 가정에서도 잊히기 어려운 아픔도 있었지만, 모든 것을 극복하고 오직 정열과 열정으로 즐기면서 사는 모습이 보기가 좋다.

삶의 아름다움은 만들어지는 것이 아니라 만들어 가는 것이 인생일진대, 그런 어려움 속에서도 보이지 않는 노적을 쌓을 수 있는 것은 아무나 할 수 있는 일이 아니다.

이번에는 또, 기쁜 소식이 기다리고 있다.

지금껏 열심히 필사해 온 글을 업그레이드해서 글을 쓰려면 등단을 하고서 글을 써야 좋은 글을 쓸 수가 있기에 등단을 추천해서 K-컬처를 지향하는 文·史·哲 종합 교양지 '계간 글의세계' 제58호에 등단 신인상을 받게 되어서 더욱이 겹친 경사에 응원과 찬사를 보낸다.

아직은 익숙지 않은 글이지만 앞으로 정진하여 좋은 글 많이 써서 명성 높은 작가가 되시기를 바라며, 예전처럼 변함없는 삶에 지팡이가 되기를 바란다.

'계간 글의세계' 수석부회장

靑雲 정덕현

서문

"내가 헛되이 보낸 오늘은, 어제 죽은 이가 그토
록 갈망하던 내일이다."

- 소포클레스(그리스 아테네 시인)

나의 인생 중 오늘 하루를 소중하게 보내란 메시지입
니다.

누구나 단 한 번 머물다 가는 세상, 바람처럼 지나간
어제는 되돌릴 수 없는 시간입니다.

살다 보니 시간의 중요성을 알게 되었고, 저도 다른
사람과 다를 바 없는 존재이기에 부족한 글이지만 세상
에 얼굴을 보입니다. 그간 헛된 하루를 보내지 않으려고
노력했던 마음과 생각을 적어 봤습니다.

어쩌면 이 책의 내용은 저만의 이야기가 아니고, 여러
분의 이야기이기도 합니다. 그래서 함께 추억을 나누고
자 합니다.

길지도 짧지도 않은 제 삶 속의 기억과 경험을 진솔하게 담았습니다. 이 글을 통하여 자신의 남은 삶을 어떻게 살아야 할지 성찰의 계기가 되고, 남은 인생 이 세상에 어떤 향기를 남겨야 할지 사유해 보는 시간을 가져 봤으면 하는 작은 소망이 있습니다.

저의 글이 요즘같이 힘든 삶에 처한 많은 이들에게 골목 한구석에서라도 작은 미소를 짓고, 기운을 받아 남은 인생 행복하게 살았으면 좋겠습니다.

홍성권

차례

Part 1. 시

Part 2. 수필

Part 1.

시

인생

높디높은 흰 구름
겸손히 살라 하네

동네 어귀 백년노송
그러려니 살라 하네

길가의 이름 모를 잡초
탐욕 없이 살라 하네

잠시 머물다
누구나 가는 인생
무얼 그리 바삐 애달파 사는가

흐르는 물처럼
바람 따라 흔들리는 풀잎처럼

그냥저냥
맘 편히 사세나

어제는 있었는데

오늘도 그 자리에 와 앉아 있소
하늘도 바닷물도 그대로인데
어제 불던 바람은 멈춰 있구려

까만 밤 웃고 있는 저 별
당신의 미소처럼 남아 있는데
나는 섬처럼 혼자요

백발 되도록 한날한시
함께 가자던 그 먼~ 길
뭐 그리 바빠 서둘러 가셨소

가는 길 혼자라서
가슴 저리게 적적했겠지
못 잊을 사람 못다 한 인연

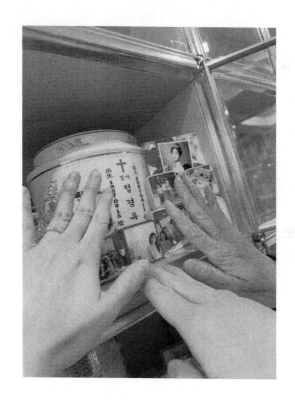

밑동부리

산속 오솔길
키 큰 껍다리 나무 사이에 앉아 있는
난쟁이 밑동부리

지나가는 산들바람이
"넌 왜 난쟁이가 됐니?"라고 물어도
묵묵부답

가끔 찾아오는 새들에게
껍다리를 위해 밑동부리가 될 수밖에 없는
사연을 털어놓으려다가
이내 입을 닫는다

이젠 쉼을 찾는 나그네에게
자신의 몸을 내어 주는 게 낙(樂)이 된
밑동부리

그는
오늘도 소리 없이 앉아 있다

빈집

산모퉁이 돌아서면
장승처럼 우두커니
턱 받치고 기대서서
개울만 지켜보는 빈집

인기척 없는 외로움에
빈 마음 달래 줄
산울림만 동무하는
텅 빈 마당

처마는 무너져
새들이 깃들이고
깨진 독 몇 개
잡초 무성한 장독대

쓰러져 가는 사립문 사이로
문고리에 꽂힌 숟가락 하나
어제도 오늘도
주인을 기다리는 세월

깨복쟁이

동쪽 야트막한 벽돌 담장 위로
햇님이 얼굴을 내밀 때쯤
까치발 하고 서성이던 녀석
조심스레 소리를 안으로 넣고
재빨리 주저앉는다

"친구야, 놀자"
"응, 금방 나갈게"
고대하던 친구 목소리
둘은 단숨에 동구 밖 줄행랑친다

또랑에서 소쿠리로 미꾸리 잡고
원두막 이불속에서 만화 보고
자치기·사방치기·술래잡기

집집마다 굴뚝에서 흰 구름 피고
하늘이 잿빛으로 변할 즈음

문득, 눈앞에 어리는 엄마의 모습에
하나둘씩 쏜살같이 사라지는 녀석들

별님은
뛰어가다 넘어질까
반짝반짝 비춰 준다

학교 길

흰 구름 뭉게 피는 하늘에
아침 해 명랑하게 솟아오를 때
손에 손을 잡은 아이들
발걸음 가벼웁게 학교를 간다

땡 땡~
땡그랑 땡그랑 땡그랑~

나팔쇠 종소리에 맞춰
모래 운동장의 아이들
밀물과 썰물처럼 모였다가 사라진다

집에 가는 길,
책보자기 어깨 등에 메고
노란 들판의 메뚜기 잡고
나무작대기로 코스모스 툭툭 치고 걷다가
앞서가던 동무가 어서 오라 손짓하면

"달그락 달그락" 빈 도시락 소리에 맞춰 한걸음에 뛰어
간다

비

낮이 밤이 되고
흰 구름이 까만색으로 바뀌면
하늘에서 물줄기가 내려온다

그 물줄기에
풀과 나무들은 춤을 추고
개구리는 노래를 한다

어떤 이는 과거행 타임머신 타고
어떤 이는 시인이 되고
또 어떤 이는 부침개를 생각한다

비는,
마음의 누름돌이고
지나온 뒤안길을 보게 하고
완행열차의 승객이 된다

애쓴다

새벽부터 늦은 밤까지
사느라 애쓴다

지나고 나면
별것 아닌 것이 되고
청춘도 금방이고
이 세상도 금방인 것을…
인간사
어쩔 수 없다라면
이 순간만이라도,
다 내려놓고 편히 쉬어 보세

낙엽

깊어 가는 가을 한 켠
떨어지지 않으려는 나이 든 나뭇잎과
떨어뜨리려는 나뭇간
줄다리기가 한창이다

끝까지 몸부림치며 매달렸던 나뭇잎은
더 이상 힘에 부치는지,
바람에 몸을 맡긴다

정처 없이 떠돌던 낙엽은
어느 벤치의 나그네 곁에서
서로의 추억을 애기하며
울다 웃는다

한참 뒤,
그들이 떠난 자리에 이런 글이 써 있다
"자연의 순리다
받아들이고 다시 시작하자"

할머니의 워커

버들강아지 대롱대롱 매달고
민들레 꽃망울 터질 무렵,
겨울잠 자고 있던 워커
귀를 쫑긋 할머니를 기다리고 있다

"삐거덕"
닫힌 파란 대문이 열리고
겨우내 쇠약해진 "ㄱ" 자 할머니
문밖 워커를 보자 하회탈 미소

"애야! 아랫말 순덕 할매 보러 가자"
외출에 신이 난 워커
걸음 재촉 앞서가며
민들레 제비꽃과 인사 나눈다

"ㄱ" 자 할머니는
몇 걸음 옮기고 허리 두드리며
세상천지 가득한 봄볕 아래
순덕 할매 일은 까맣게 잊고 있다

바람 부는 대로

야트막한 언덕의 파란 잔디
살랑살랑 부는 바람 따라
이리저리 뒤척이다
이내 다시 제자리

내 삶도 그렁저렁 살자

내려놓아라

짜증 나거나 화나거든,
지나면 아무것도 아닌 것이니
내려놓아라

재물로 힘들거든,
억만장자도 하루 세끼 먹고사는 것이니
내려놓아라

미래가 불안하거든,
현재가 미래를 만듦이니
내려놓아라

고난이 있거든,
나만 겪는 것이 아니며
또한 지나가리니
내려놓아라

건강이 걱정되거든,
길어야 100년 사는 순리이니
내려놓아라

우린,
더 이상 버릴 것이 없이
다 내려놓을 때
비로소 행복이 보인다

하얀 구름

파란 하늘 바다에
하얀 구름 하나,
바람 친구 불러 세상 구경 나왔다

성냥갑 건물
모래알 사람!
동트고
어둑해질 때까지
돌고 돌다가,
다시 성냥갑으로 사라지는
모래알들
내일…
또 내일도!
어느덧, 그 모래알이 사라지고
새로운 모래알이 또 돌고 돈다

그 모습에,
"로뎅"이 된 하얀 구름

이내,
오늘의 내 안에 있는 일생을 즐기려
저만치의 각양각색 구름 곁으로
신나게 달려간다

있을 땐 몰랐습니다

있을 땐 몰랐습니다!
떠나보내고 나서,
내 맘속 차지한 공간에
그때가 좋았구나 합니다

늘 환하게 웃어 주고
힘들어도 웃고 슬퍼도 웃는
바보 같은 사람

이젠,
다시 볼 수 없는 그 사람을
그리워하나
그는 이곳에 없습니다
그는 아마도,
어딘가에 반딧불 하나가 되어

어두운 밤을 비추는 등대가 되고
첩첩산중에
길 잃은 자의 불빛이 되는
그런 사람이 되어 있을 겁니다

부디
그곳에선 더 행복하길!

오늘

커튼 뒤,
아침 햇살이 찾아와서
창문을 활짝 열어 맞이했다

새로운 하늘
새로운 바람이다

오늘이 어제일 거라 걱정하며
밤잠 설친 내가 바보 같다

"오늘 분명히
좋은 일 생길 거야"
어깨 당당히 펴고
오늘이란 직장 속으로 신나게 출근한다

할배와 소

저녁 뒷마당 외양간의
늙은 소
가마솥 여물 끓여
한가득 지고 오는 기우뚱 할배

"음메"
"오늘도 욕봤다"

둘은,
서로를 다독이며
힘들었던 하루를 접는다

쉬었다 가세

검던 머리카락
희끗희끗해지고,
몸 구석구석마다 세월의 길들이
깊이 파인 걸 보니,
나도 꽤 많이 왔네그려

인생 여정이 무척 길 줄 알았는데
물처럼 바람처럼 흘러가니
그저 금방이란 걸 깨닫는구려

이리 살든 저리 살든
내 맘이 편하면 되고,
불어오는 바람에
그렁저렁 살면 되는데
뭘 그리 애달게 바삐 살았는지

여보게,

무거운 봇짐 내려놓고

두런두런 옛날얘기나 하며

좀 쉬었다 가세

길

산속의
꼬불꼬불한 길
도시의
곧은 아스팔트 길
인생
여정의 길

어느 길이든
난 신나게 걸어갈 수 있다

예쁘다

꽃이 예쁘다
넌
꽃보다 더 예쁘다

송편

황금 들녘의 벼 이삭
익어 가며 고개 숙이고,
처마 밑 제비 가족
강남 갈 채비 분주할 즈음,
"쿵덕 쿵덕"
동네 떡방아집 종일 분주하다

바로 내일이 추석이다

형이랑 야산에서 연한 솔잎을 따고
엄마와 누나들이랑 밤새 만든 송편
앞마당 큰 양은솥에,
송편 층층이 솔잎을 설설 뿌리고
장작불로 한참을 찌면,
맛있는 송편이 만들어진다
팥 송편
콩 송편
참깨 송편

난 참깨 송편을 찾아
매의 눈으로 휙 훑어보다
이내 한 개를 꿀떡…

"에이, 팥이네"
그러길 몇 번이던가
어느새, 추석 보름달이
내 배 위에 떠 있다

소풍

내일이 그토록 고대하던
가을 소풍날인데,
그간 청명했던 하늘이
잔뜩 찌푸리고 있다
학교 전설에
소풍날엔 비가 온다는…

먼 산꼭대기
깊게 걸터앉은 먹구름,
밤새 바람님이 흔적 없이 날려 보내길
고사리손으로 기도하다 잠든다

이튿날 새벽,
내 기도 들어주셨을까?

조마조마함에
눈 가린 손바닥 사이로 본
활짝 갠 파란 하늘에
"와! 오늘 소풍 간다"

꼭두새벽 부엌에서
김밥 만드는 엄마 곁에서
김밥 꼬다리로 잽싸게 배 채우고
노란 보자기에
김밥, 과일, 사이다, 삶은 계란 한가득 동여매고

어머니와 손잡고
휘파람 불며 학교로 향한다

등 뒤의 해님도
함께 소풍을 간다

그럭저럭 살게나

어제,
가로등 불빛 아래
하루살이를 보았다
지난 여름철,
나뭇가지에 앉아
울어대는 매미를 보았다
책장 속, 먼지 덮여 있던
옛 위인전을 꺼내 보았다

지금은
다 없어진 것들!
또다시 하루가 흐르고
한 달이 흐르다 보면
나도 없어질 것이니
인생 별거 있더냐

애달파하지도 말고
욕심부리지도 말고
너무 걱정하지도 말고

"그러려니" 하며
"그럴 수도 있지" 하며
그럭저럭 맘이나 편하게 살게나

검정 고무신

어느 때던가
아버지가
장터에서 사다 주신
검정 고무신!
그것은,
변신 로봇이고 추억이다

시냇가 흐르는 물에 놓아두면
멋진 배가 되고
송사리·붕어 잡아넣으면
어항이 되고
엿장수에게 주면
맛있는 엿을 먹을 수 있다

뒤꿈치 해어지면,
어머니가 굵은 실로 꿰매 주시고
밤새 고양이 물어 갈까
툇마루 위 깊숙이 숨겨 두고
새 고무신 향기 좋아 킁킁대며
꼭 안고 자던 검정 고무신

그때 그 시절
그 추억이 그립다

가을 잎새

짙은 파랑
가을하늘 아래,
앙상한 나뭇가지 끝자락에
마른 잎새 하나,
근심 어린 눈빛으로 간신히 매달려 있다

봄·여름 내내 함께 놀던 친구들,
이미 바닥에서 뒹굴고 있고
심술 난 바람 녀석,
이제 친구 곁으로 가라고 흔들어 대고 있다

"어떻게 하지…?"

이때,
지나가던 참새 한 마리
나뭇가지 곁에 앉아…

"잎새야, 이제 손을 놔도 돼!
몇 년 동안 봤는데,
바닥에 떨어지는 건 끝이 아니라
새롭게 다시 시작하는 거란다"

이치를 깨달은 잎새,
나무와 작별 인사 하고
환한 미소로 새로운 소망을 꿈꾸며
친구들 곁으로 간다

잎새는,
내년 봄 다시 만날 것이다

소망

높은
하얀 건물!
창틀에 턱 받치고 휠체어에 앉아
통유리 밖 세상을 응시하고 있는 자가 있다

하루를 접고,
산 너머 보금자리로 찾아가는
한 쌍의 산비둘기

바람 따라 세월 따라,
시시각각 변하며 자유롭게 여행 다니는
구름 한 조각

저 비둘기였으면…
저 구름이었으면…

벌써 한 시간째다

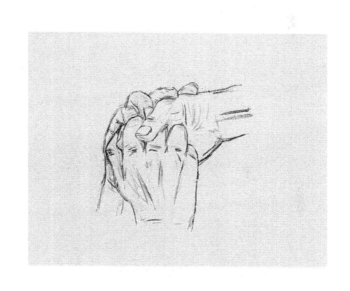

사랑

사랑은 신이다
왜냐하면,
못하는 게 없다

시장

"싱싱한 생선 사세요"
"사과 한 바구니에 오천 원"
"엄마, 나 저거 사 줘"

어머니는,
맞잡은 손에 힘을 주며
걸음을 재촉한다

"담에 꼭 사 줄게"

지금에서야
어머니의 맘을 헤아린다

막걸리

저녁 무렵,
아버지가 200원 주시며
막걸리 한 주전자 사 오라셨다

다녀오는 길에
배고파서 한 모금 마셨는데,
얼굴이 홍당무다

또랑물에 얼굴을 묻고
하얘지기를 기다린다

이미,
석양은 산 아래 있는데
난 아직도 또랑이다

새벽송

성탄절 새벽,
하얀 눈 수북이 쌓인
논두렁길 따라,
교회 동무들과 새벽송을 다닌다

노엘~ 노엘~
이스라엘 왕이 나셨네 ♪

메리 크리스마스
새해 복 많이 받으세요!

새벽 겨울 추위에
손과 발 동동 구르며,
예수님 탄생을 집집마다 알렸던
그때 그 시절,

그 천사들이 그립다

보름달

보름달을 보며,
토끼가 방아 찧는
모습이라고 한다

난 어릴 적부터,
이순신 장군의
갑옷과 투구 쓴 모습이다

저마다,
생각이 다르듯
가슴의 보름달도 다르다

나의 희망

나의 희망 딸
나의 희망 아들

이 아이들의
아빠란 게 축복이다

영원히
나의 희망이고
감사다

비 내리는 날

비 내리는 날
어느 한적한 카페,
은은한 클래식 음율 위에
창문에 부딪히는 빗방울 소리가 어우러져
환상의 하모니 되어 흐르고

깊숙한 소파에 몸을 담은
난,
로댕의 모습으로
꽤 유명한 시인의 폼을 잡아 본다

비에 취해
가만히 눈을 감으면,
타임머신이 나를
추억의 이곳저곳을 여행시키고,
얼굴엔 하얀 미소가 가득하다

비,
난 네가 참 좋다

그대로인데

3주 만에
다시 찾은 예배당

목사님 말씀
예배드리는 성도들
정렬되어 있는 의자들
다 그대로인데,
꼭 보고픈 한 사람만 안 보인다

그 사람은,
50일 전에 천국으로 이사 갔다고 한다

근데,
지금 그 사람이 보고 싶다

예배당 구석구석 그의 25년간 흔적을 돌아보니
더욱 그렇다

하나님!

잠깐이라도 이 땅에 내려오게 해서

볼 수 없을까요?

흔들의자

해변 저편 너머로
잿빛 하늘 속 빼곡한 회색 건물들이
하나둘씩 반딧불을 켤 때쯤

지친 나그네,
흔들의자에 앉아
삐걱거리는 의자 소리에 맞춰
조용히 눈 감고 하루를 접는다

얼마나 지났을까?
깜박 잠들었던 나그네,

이미 세상은
잿빛이 검은색으로 변하고
반딧불이 더 총총히 밝게 빛나고
어디선가 날아온 갈매기 한 쌍이
"어여 집에 가서 쉬라"고 재갈거리며
날아간다

나그네는,

이름 모를 긴 숨을 토해 내며

힘차게 가방 둘러메고

어둠 속으로 바삐 사라진다

흔들의자는,

다음 손님을 기다리고 앉아 있다

흐르고 흘러

해 뜨고
해 지고,
하루가
한 달 되고 일 년 되고 십 년 되고,

아이가,
청년 되고 장년 되고 노인 되고
그 뒤엔 흔적 없을 인생

오랜만에 꺼내 본
사진 속 내 모습이 엊그제인데,
50여 년 전 추억이다

아
자연이 순리여!

난,

오늘 하루가 다 가기 전에,

후회 없을 인생 사진을 남겨야겠다

사랑하며

감사하며

행복해하며!

하루

긴 하루를 접고
늙은 석양 어깨에 메고
비틀거리며 집으로 가는 중년 나그네

이내,
힘에 겨워
가던 길 멈추고 벤치에 앉아,
하늘 바닷속으로 긴 숨을 토해 낸다

붉은 산꼭대기에 걸터앉은 구름 하나
보금자리 찾아가는 산비둘기 한 쌍,
다 내려놓고 덧없는 살라 하네

따스한 석양은,
그의 어깨를 토닥토닥인다

산길

벌겋게 힘들었던 석양은
산등성이 뒷집으로 퇴근하고,

고단한 하루의 까마귀들은
서로 다독이며 저 멀리 집 찾아간다

어둑어둑 회색 깔린 저녁
예쁘게 손잡고 산길을 걷는 연인!

겨울 나뭇가지 사이의 초승달은
환한 눈썹 미소를 보내며
그들을 반겨 준다

종착역

앉아 있는 공원 벤치
저편으로,
가방 둘러메고 바삐 걷는 청년
전화하며 걷는 파마머리 아줌마
지팡이 의지하고 힘겹게 걷는 할아버지,
어디론가 지나간다

뺨을 스치는 바람도
하늘의 구름도
손목시계 초침도
흐르는 강물처럼 어디론가 흘러간다

각자의 종착역은
얼마나 남았을까?

내일일지 모를 그곳을 향해,
모두가 무심히 지나가는 중이다

난,

그 이치를 깨닫고

벤치에 앉아 있음에 행복하다

긴 하루

늙은 석양 어깨 메고
비틀거리며 집으로 가는 나그네

힘겨워
가던 길 멈추고 고개 들어 보니
붉은 산꼭대기에 걸터앉은 구름 하나
하늘 바닷속으로 긴 숨을 토해 낸다

보금자리 찾아가는 산비둘기 울음소리에
어슴푸레 저녁 안개 속 옹기종기 모여 앉은 초가지붕
하나
둘

밝혀지는 따스한 호롱불은
어느새
그의 어깨를 토닥인다

흰 눈

천사가,
하얀 차가운 솜을
온 세상에 뿌린다

지붕 위에도
나뭇가지에도
길 위에도…

더럽혀진 세상을
깨끗하게 덮어 주고,
힘든 현실을
잠시나마 위로해 준다

여름에도
눈이 내렸으면 좋겠다

어머니의 만둣국

까치가
어제 노래를 불렀다
마당 한 켠의 분주하신 어머니,

앞치마 동여매고 낡은 두건 위로
새벽 서리 하얗게 내려앉고
장작불에 못 견딘 솥뚜껑
뜨거운 입김 벌컥벌컥 토해 낼 때마다
어머니의 나무 주걱
솥 안을 휘젓는다

그러길 몇 번,
양동이에 옮겨 담은 만둣국
네모난 밥상에 둘러앉은 자식 밥그릇에
한가득 채워진다

"엄마, 한 그릇 더 줘"
"엄마, 한 그릇 더 줘"

아련한 기억 속 더듬어
어머니를 찾아와 만둣국을 먹는다

일출

동짓달 동해바다 수평선 아래,
수줍은 해님이 기지개를 펴며
살포시 세상에 얼굴을 내민다

김 씨 아무개 잘 잤는가?
충주댁 춥지는 않았는가?
밤사이의 안부를 묻는다

해님 얼굴이 커지면
어둑어둑과 찬 이슬은 소리 없이 사라지고
어머님 품 같은 따스한 세상이 펼쳐진다

해님은,
내 어깨를 토닥이며
하루가 금방이고 인생이 금방이니
원 없이 살라 하네

늘 함께하고 도와줄 테니
걱정 말라 하네

난,
힘찬 발걸음과 하회탈 미소로
신나게 오늘을 산다

빈 둥지

하늘 높이 솟은 나뭇가지 위에
보금자리 짓느라 분주한
산까치 한 쌍

얼마나 지났을까?
아기 까치 울음소리 들리니
하루가 열흘같이 분주하고
또 얼마나 지났을까?
아기 까치 떠난 빈 둥지를
알 수 없는 표정으로 쳐다본다

그 마음!
빈 둥지를 바라볼 나이가 되어서야
난, 알 것 같다

흘러가는 자연의 순리!

내 부모도, 내 자식도

그 마음이려니

인생이 다 그러하려니!

고향 저녁

야트막한 산등성 아래로
잿빛 어둠이 스며들고
초가집 굴뚝마다
흰 구름 모락모락 피어오를 때쯤

어디에선가 울려 퍼지는 메아리 소리
"얘야, 밥 먹게 들어와라"

딱지치기
구슬치기
시간 가는 줄 모르던 녀석
메아리 귀 쫑긋하고
혼날까 줄행랑치고
남은 녀석들
하나둘씩 제집 찾아간다

세상이
점점 짙은 까만색으로 변해 가면
지붕마다 내려앉은 별들도
하나둘씩 잠들고
가끔 짖는 뉘 집 멍멍이 소리도
고요 속에 멈춘다

이쯤 되면
내가 살던 고향은
어디 있는지 찾을 수가 없다

울 엄마

울 엄마는,
145센티 작은 거인이다

장마 속, 논둑 터질세라
또랑 세찬 물줄기 가슴 위 차올라도
두려움 없었고
뜨거운 여름날,
품앗이 참으로 받은 빵 하나,
자식 생각에 배 주리고 들고 오셨다
밤새 끙끙 앓고도,
자식 위해 새벽 찬 서리 맞으며
아궁이 밥 짓고
생선은 머리만 드시고,
하루 한 끼 드셔도 배부르다 하셨다

울 엄마는
늘 "괜찮다" 하셨다

그랬던 울 엄마,
이젠 사진 속에만 계신다

당신 모습 닮아 가는 즈음에서야
철이 들어 눈물짓는다

당신은,
하늘 아래 가장 높은 산이고
바다를 품은 분이었습니다

당신 아들이었음에
자랑스럽습니다

사랑합니다
그리고, 고맙습니다

엄마의 뒷모습

찬 서리 겨울 새벽 아궁이 앞,
머릿수건 동여매고
가마솥 장작불로 밥 지으시던 뒷모습

뜨거운 여름날,
쭈그려 앉아 배추밭 일구시며
이마의 땀을 손등으로 훔치시던 뒷모습

늦가을 달구지에 아궁이 지필
나뭇단 싣고,
가파른 길 끌고 내려오시던 뒷모습

내가 일하기 싫다고 투정부릴 때,
혼내시다 뒤돌아 걸으시며 우시던 뒷모습

새벽부터 어둑할 때까지 품앗이 일 하고,
지친 어깨로 곧장 자식 밥 지으시러 부엌으로 가시는
뒷모습

장마철 세찬 천둥 번개 비바람에도,
논둑 터질세라 우산 들고 나가시던 뒷모습

자식들 밥 먹이고 남은 음식으로,
부엌에서 서서 물 말아 드시고
일하러 나가시던 뒷모습

이젠 엄마의
그 뒷모습을 볼 수 없게 되었지만
가끔씩 찾아오는 꿈속의 엄마에게
"엄마, 고생했어"
"엄마, 최고야"
꼬옥 안아 드리고 싶습니다

그리 살자

인생은,
아침 안개다

한 치 앞을 예측할 수 없고
잠시 머물다 가는
우리네 인생!

오늘을
천년만년같이 살자

그리 살자

Part 2.

수필

인생,
당신은 어찌 보내고 계신가요?

새벽 6시 31분, 당고개행 열차에 몸을 싣고 의정부로 향한다.

열차에 듬성듬성 앉아 있는 손님들의 얼굴에서 피곤함과 삶의 지침을 느낀다.

내 나이 이제 만 59세!

간혹 일부 지인이 60대 중반으로 보인다고 하는 말에 상처도 받지만, 이젠 무덤덤하다.

50세 이후의 얼굴을 보면 그 사람의 인생을 알 수 있다고 했던가?

요즘 들어 눈가의 주름과 늘어나는 흰머리를 볼 때마다 '아… 나도 늙어 가는구나'라는 탄성이 절로 나온다. 30대 초반까지만 해도 어려 보인다는 말을 들었지만 고된 직장 생활, 어르신들을 수발하는 사업, 운동 부족 등의 삶으로 지금의 내 모습이 된 듯하다. 마음은 아직 20

대인데….

요즘 들어 삶과 인생에 대한 생각이 많다.

환절기마다 어김없이 들려오는 지인과 어르신들의 부고 소식을 들을 때마다 안타까움과 삶의 덧없음을 느낀다.

누구나 한 번은 죽는다. 지금 이 순간도 영원히 돌아오지 않는다.

그렇다면, 지금 난 어찌 살아야 하는가?

물질의 풍요와 성공을 위해 지금같이 정신없이 앞만 바라보고 살 것인가?

시간 없다는 핑계와 이기심, 욕심, 남을 이해하지 못하고 "네 탓"으로 돌리는 삶을 살 것인가?

내 삶의 지표가 '오늘 무의미하게 보낸 하루는 어제 죽은 자가 그렇게 소망하던 내일이었다.'인데, 난 오늘 충실하고 의미 있게 살았는가?

이 글을 쓰면서도 나 자신이 쑥스럽고 창피하다.

이제부터라도 반이나 남은 삶을 나 자신보다는 타인을 먼저 생각하고, 나를 지켜봐 주시는 분들에게 보답하는 마음으로 살자.

오늘이 인생의 마지막 날이라는 마음으로 나를 아는 분과 찾는 이들에게 최선을 다하고, 겸손하며 낮아지며,

지금 가진 것에 감사하고 긍정적인 생각과 적극적인 사고로 살자.

내가 가진 재능이 있다면 타인에게 베풀고, 행여 다툼이 있었다면 용서하고 사랑하자.

그리하여 훗날, 백발이 되고 삶의 마지막 뜰에 섰을 때 "내 인생은 정말 행복했고, 후회 없었어."라고 말하며 미소 지을 수 있는 사람이 되자.

전철은 이제 막 충무로역을 지난다. 빈자리가 없이 사람이 꽉 차 있다.

오이도역에서 같이 탔던 사람은 없고 낯선 사람들이 시야에 들어온다.

오이도역에서 탔었던 사람들과의 표정과 지친 모습은 비슷하지만 지금 바라보는 내 마음은 한결 부드럽고 정겹게 느껴진다. 그들을 맘속의 내 품에 안아 본다. 사랑스럽다.

오늘도 만나는 어르신들과 지인 그리고 이 글을 보는 내 맘속 좋은 인연의 사람들에게 진실한 사랑의 마음을 전하련다.

그들이 지금 나에겐 가장 소중한 자들이기에….

어릴 적,
겨울의 추억과 죽마고우

어릴 적 나의 살던 고향은 포천이다.

뒤로는 해발 737m 왕방산이 있고, 앞에는 한내개울이 흐르는 전형적인 시골의 풍경이다.

그곳에서 고등학교 때까지 살았고, 지금은 객지에 살면서 1년에 2~3번 찾는 고향이다.

문득 어릴 적 겨울철 고향 추억이 생각난다.

겨울철 초가지붕에 매달린 고드름을 깨 먹고 작대기로 툭툭 치며 떨어트린 일, 꽁꽁 언 방죽에서 스케이트 한날 썰매를 타고, 발 시리면 마른 엉겅퀴풀을 구해다가 불을 지피고 양말을 태운 일, 추위에 손발이 부르터서 피가 나도 호호 불며 구슬치기를 했던 일, 정월 대보름날 오곡밥을 훔치다가 들켜서 밥솥째 들고 도망쳤던 일, 눈 많이 온 날, 왕방산에 가서 토끼를 잡으려고 친구

들과 편을 짜서 몰던 일, 추위를 피하기 위해 햇볕 드는
어느 집 담벼락에 찰싹 달라붙어 친구들과 얘기 나누
던 일, 친구들 집집마다 돌아다니며 잠을 자고 몰래 라
면과 짜파게티 끓여먹다가 혼난 일, 성탄절 전날, 밤새도
록 윷놀이 하다가 아침에 떡국 먹었던 일.

이젠 아련한 추억이 되었지만 그때 그 시절이 매우 그
립다.
비록 놀거리, 먹을거리는 부족했지만 순수했고 아름
다운 시절을 보낸 듯하다.
그때 함께한 친구들은 이미 흰머리가 희끗 보이는 50
대 후반이 되었지만 지금도 가끔 만나면 그 시절로 돌
아간다.
그래서 그 친구들이 좋다.

지금 살고 있는 시흥은 신도시로, 어릴 적 겨울 추억
을 느낄 순 없지만, 그런 추억을 가지고 있는 나는 무척
행복하다.
동물이나 사람이나 늙으면 고향이 그리워지고 대부분
다시 고향으로 돌아간다고 한다.
난 돌아갈 고향과 그곳에 고향의 친구들이 있다는 것

에 감사한다.

　바쁘고 힘든 인생, 삶 속에서 늘 나를 어머니 품같이
포근하게 감싸 안아주는 고향.

　포천이 좋다.

띠앗 친구들의
행복한 추억

오늘은 내가 사랑하고 죽을 때까지 마음의 벗이 될 띠
앗 친구와 동생들의 추억담을 적는다.

이야기의 무대는 1975년~1985년쯤 경기도 포천 선단
리와 동고교회이다.

그 당시는 초가집이 대부분이었고, 삼시 세끼 밥을 제
대로 먹기 힘든 고된 생활이었다.

친구들과는 방과 후, 매일 만나서 딱지치기, 자치기,
담방구 놀이, 동네 간 패싸움 놀이, 횃불을 밝혀 고기
잡기, 대나무로 화살과 연 만들기, 구슬치기, 껌 종이 놀
이 등으로 놀았던 시절이다.

또한, 누런 코가 나오면 팔소매로 쓱 닦고, 이를 안 닦
아서 금색 이빨은 기본이고, 목욕탕엔 명절 때 2번 가
는 것이 일상인 시절이었다.

이제 그런 고향 속 친구들과의 재미있었던 추억 이야기를 써 보련다.

1. 돈현이라는 친구와의 추억

물구나무를 4시간 동안 할 수 있다고 했다가 진짜 해보라 하니 발뺌하고, 선배 형을 이길 수 있다고 했다가 그 형이 오자 꼬리 내리던 일과 친구 부모님이 가게를 하시기에 맛있는 아이스크림 먹다가 내가 한 입만 달라고 하면 거의 막대기가 보일 때쯤에나 나에게 건네주던 일.

2. 병학이라는 친구와의 추억

겨울철 손이 동상이 걸려 피가 나도 호호 불면서 딱지치기를 하던 일과 고등학교 때 노력상을 받고 싶어서 일부로 꼴등했다가 노력상을 받고 자랑했던 일.

3. 경은이라는 친구와의 추억

군 복무 시절, 난 맹호부대, 친구는 해병대에 복무하면서, 서로 자기 부대가 우수하다고 편지 보내면서 자랑하던 일과 부천 모임 때, 우리 둘만이 약속 시간을 정확히 지켰다고 훗날 의리의 사나이가 되자며 약속을 했던 일.

4. 용규라는 친구와의 추억

고등학교 때, 병학이랑 용규 집에서 공부하다가 밤 12시경에 문 닫은 가게 문을 두드리며 깨워서 10원짜리 물건 사고 90원 거슬러 받았을 때 열받아하시던 가게 주인의 모습과 밤에 용규 동네와 우리 동네 간 패싸움 시, 용규가 내 작대기에 맞았다고 분풀이로 우리 집 대문을 흔들었을 때 어머님께 혼났던 일.

5. 덕신이라는 후배와의 추억

고등학교 때 새벽송을 덕신 후배 집 코스로 다닐 때, 끝나고 덕신 집에서 떡국을 먹고 한숨 자던 일.

6. 종건이라는 후배와의 추억

집 앞에서 나와 의형제 맺자고 손가락 걸고 맹세하고, 늘 화살과 칼을 만들기를 좋아했던 후배와 호일이라는 후배가 장난으로 만든 화살을 들고 "쏴." 했는데, 진짜로 쏴서 이마를 맞추었던 일.

7. 권표라는 후배와의 추억

매일 초등학교 등교할 때, 권표 집에 들러서 "권표야, 학교 가자."라고 부를 때, 권표 아버지께서 족보상 아저

씨뻘인데, '아저씨'라고 부르지 않았다고 혼났던 일.

　그 밖에 동고교회 학생회 때, 어느 집에 가면 가위바위보 게임으로 간장을 한 스푼씩 먹던 일, 횃불을 들고 한내개울에 고기 잡던 일, 돈현이가 병학이네 집에서 높이뛰기 하다가 줄이 목에 걸려 "꽥꽥" 했던 일 등 소중하고, 풋풋하고, 아름다운 추억을 함께한 친구와 후배가 있어서 좋다.

　우리의 우정과 사랑 그리고 추억.
　영원히 변치 말자꾸나.

　사랑한다, 모두!

가을,
새로운 시작의 계절

11월 중순!

엊그제 비바람으로 인해 울긋불긋했던 낙엽이 바닥에 드러누웠다.

아직 나무줄기 끝에서 떨어지지 않으려는 낙엽들은 바람을 피해 붙어 있다.

그러나 나무는 남아 있는 낙엽을 그리 오래 붙잡아 두지 않을 듯하다.

가을 그리고 낙엽!

많은 이들은 이때쯤이면 외로움과 인생의 허무함을 느낀다고 한다.

낙엽이 떨어지는 계절에 '또 한 해가 가고 나이를 먹는구나.'라는 생각으로 삶의 허무함을 느끼고, 노랗게 변한 낙엽을 보고 내심의 뒤안길을 생각한다.

아직 살아갈 날이 숱하게 많이 남아 있는 나이임에도 대부분 외롭다고 하며, 가을을 탄다고 한다.

가을, 끝이 아니라 시작의 계절이다!
새로운 봄의 파란 새싹을 피우기 위한 시작의 계절이다.
추운 겨울바람을 견뎌 내기 위해 스스로 잎새를 떨어트리는 생명력 강한 의지의 계절이다.
한 해가 저무는 것이 아니라 만추의 계절이고, 새로운 희망의 내년을 준비하는 계절이다.
즉, 끝이 아니라 시작이란 뜻이다!

행복과 불행, 기쁨과 외로움.
그것은 우리가 어떻게 생각하느냐에 결정된다.
목이 말라 물을 마시려고 하는데 컵에 물이 반밖에 남지 않았을 때 '이것밖에?'라고 생각하면 불행한 사람이고, '이만큼이나!'라고 생각하면 행복한 사람이다.

마찬가지로, 대부분의 사람이 가을이 외로운 계절이라 생각하면 외로움과 허무함으로 보내지만, 자연의 오묘함과 풍성하고 푸르른 봄을 생각하는 사람은 삶의 기쁨과 희망을 노래할 것이다.

그렇다면 나는?

자연 불변의 법칙으로 어차피 맞이하는 계절이라면 이 가을을 즐겨야 하지 않는가.

깊어 가는 가을, 지금 하던 일을 멈추고 밖을 내다보라!

얼마나 황홀하고 멋있는가. 가을을 즐겨라!

그리고 우울한 노래보다는 희망찬 노래를 들어라!

사람이
사람이면

오늘은 문득 중학교 때 교감 선생님께서 칠판에 한문으로 '사람 인(人)' 자 6개를 사용해서 글을 만들어 보라고 말씀하신 것이 생각난다.

자신 있어 하는 학생이 없자, 교감 선생님은 한문을 지휘봉으로 가리키며 이렇게 말씀하셨다.

"사람이 사람이면 다 사람이냐? 사람다워야 사람이지."

더불어 우리에게 '된 사람'이 되라고 말씀하셨다.

지금의 나는 사람다운 사람인가?

스스로 반문해 본다.

내 핸드폰에는 1,048명의 주소록이 들어 있다.

많은 사람들 중, 내가 생각하는 사람다운 사람은 몇

명일까?

아니, 역설적으로 그 1,048명의 핸드폰에 내 이름이 있다면 그중 몇 명이나 나를 '사람다운 사람'으로 생각할까?

사람다운 사람.

그런 사람은 어떤 사람일까?

아마도 사람 향기가 나는 사람일 것이다.

인간은 동물과 달리 이성을 가지고 있기에 자신의 욕구보다는 타인을 먼저 생각하고 배려한다.

물질만능적인 요즘 시대에 남을 먼저 배려하고 섬기기는 쉽지 않다.

공동체보다는 나 자신의 이익을 앞세우고, 나만 괜찮으면 된다는 이기주의가 팽배한 세상이다.

이런 세상 속에 향기 나는 사람으로 살아가려면 어찌해야 할까?

첫째, 배려하는 사람이 되어야 한다.

내 생각과 다르다고 해서 무시해선 안 되며, 상대방을 존중하고 경청해야 한다.

둘째, 겸손해야 한다.

벼가 익으면 익을수록 고개를 숙이듯이 자신의 존재 가치가 높아질수록 낮아지고 겸손해야 한다.

셋째, 섬기는 자가 되어야 한다.

나보다 못한 자를 귀히 여기며, 내가 가진 작은 것이라도 나눌 수 있는 마음이 필요하다.

위 3가지를 지키기는 쉽지 않다.

그러나 실행코자 노력하면 80% 정도는 향기 나는 사람이 되지 않을까 기대해 본다.

인생은 쏜 화살같이 지나간다.

10년 전의 일이 엊그제 일어난 일 같지 않은가?

이 세상의 한 인간으로서 태어났다가 생을 마감하는 즈음에 스스로 자신을 되돌아보며 '난 그래도 잘 살았어.'라고 되새기고, 주변인들로부터 "그 사람 참으로 괜찮은 사람이었어."라고 인정받는 사람이 되어야 하지 않을까?

영웅은 혼란 속에 나타나고, 사람다운 사람은 요즘같

이 정이 메마르고 이기적인 세상 속에서 피어난다.

이 글을 읽는 여러분!
당신이 그런 사람다운 사람이 되지 않으렵니까?

우리 서로 사람다운 사람 향기 나는 사람이 되어 정과
사랑이 넘치는 살맛 나는 세상을 함께 만들어 갑시다.

한번 왔다가 가는
인생길

우리는 이 세상에 왔다가 100년도 못 채우고 다시 간다.

기독교인 나는 죽음 뒤에 천국의 소망을 갖고 있지만 그래도 이 땅에서는 100년도 못 산다.

여러분들은 지금 앞으로 얼마의 시간이 주어진다고 생각하나요?

20년? 30년? 50년?

각자 생각하는 남은 기간을 거꾸로 되돌려 20년, 30년 전을 생각해 보면 엊그제 같지 않나요?

흔히 12월이 되면 세월이 쏜 화살같이 빨리 지난다고 한다.

교회에서 송구영신예배를 드린 것이 엊그제 같은데

벌써 1년!

인도 속담 중에 '자신이 죽지 않을 것이라고 믿는 사람 만큼 어리석은 사람이 없다.'라는 말이 있다.

이는 죽음이란 걸 염두에 두지 않고 하루하루를 무의미하게 보내는 사람들에게 보내는 메시지다.

세월이 이토록 빠르게 지나가고, 매일 매스컴에서 들려오는 사건과 사고 소식에 여러분들은 무슨 생각을 하시나요?

그 일들이 다에게는 일어나지 않기를 바라지만, 혹시 일어난다면?

지금 여러분들은 내일 지구가 멸망한다 해도 오늘 사과나무를 심는다는 마음으로 오늘을 충실하고 후회 없이 살고 있나요?

고교 시절, 아주 친한 친구가 밤에 피운 연탄가스로 인해 죽었다는 소식을 등교해서 들었었다.

슬픔이 컸지만, 한편으론 그 친구와 서로 마음이 상했거나 미워하지 않았다는 것이 얼마나 다행인지 싶었다.

그 뒤로 난 가급적 상대방과 있었던 안 좋은 일이나

분쟁이나 미움 등은 하루를 넘기지 않으려 애쓰고 있다. 용서와 화해를 하고 싶어도 못 할 상황이 올 수도 있기에….

지금 여러분의 삶은 행복한가요?

돈이 없어서 힘들고, 사업과 직장이 안정적이지 않아 힘드신가요?

자식이 속을 썩여서 힘들고, 건강이 좋지 않아서 힘드신가요?

가정이 행복하지 않아서 힘들고 주변 다른 사람들 때문에 힘드신가요?

그런 마음이 든다면 지금 죽음을 앞두고 있는 분을 찾아가 보세요.

행복과 불행은 마음에 따라 정해진다고 합니다.

나보다 나은 사람을 비교하면 불행해진다고 합니다. 그 선택은 여러분 몫입니다.

어차피 한 번뿐인 이 땅의 인생!

한번 지나가면 되돌릴 수 없는 세월, 내일이 마지막 날이란 마음으로 오늘을 살아요.

남을 미워하거나 불평하지 말고, 감싸 주고 이해하며 사랑하세요.

현재 각자 앞에 닥쳐 있는 불행과 힘든 일이 있더라도 '이 또한 지나가리라.'의 마음으로 사세요.

그러면 반드시 더 행복해질 겁니다.

청년 시절에 감명 깊게 읽었던 책 중, 톨스토이의 『부활』이라는 책이 있다.

주인공이 시베리아 벌판에 유배당하면서 느낀 것은 '사람이 무엇이기에 타인을 업신여기고 교정시키고 미워한단 말인가?'였다.

사람은 거의 같은 시기에 태어나서 거의 같은 시기에 죽음으로 향하는 동반자인 것이다.

'살아 있는 동안 아껴 주고 사랑해 주자.'라는 글귀가 있다.

맞는 말이다.

어차피 삶의 대부분은 대인 관계며 내 가치관으로 이루어진다.

지금 내 주변의 사람들을 더욱 사랑하고 아껴 주자.

그들은 수만 년의 세월 중에 100년 내에서 같이 살아
가는 동반자인 것이다.

오늘 사색은 좀 무거운 글이 된 듯하다.
그러나 우리가 한 번쯤은 되돌아볼 내용이고, 내가
'지금 오늘을 잘 살고 있는가'를 되짚어볼 필요가 있을
것 같아 짧게 적어 보았다.

이 글을 접하는 분들의 인생, 삶이 모두 행복하길 바
라면서 글을 맺는다.

희망을
노래하자

나는 가수 중에 '장사익'을 제일 좋아한다.

그의 노래 가운데 〈희망 한 단〉이란 노래가 있다.

가사 내용도 좋지만, 한복을 입고 서민풍의 모습으로 노래하는 모습이 정겹고 좋다.

희망.

누구나 희망을 꿈꾼다. 그러나 살면서 그 희망을 이루는 이는 그리 많지 않다.

요즘같이 살기 어렵고 경쟁 사회에서 희망을 갖는 것조차 생각지 못하고 사는 이가 많다.

그러나 우리는 비록 그 희망이 현실적으로 어렵게 느껴질지라도 희망을 세워야 한다.

나는 대화를 나누는 것을 좋아하기에 주변에 많은 이들이 힘들어하는 것을 자주 듣는다.

경제적으로 어려워 죽고 싶다는 사람과 가정사가 복잡하여 멀리 혼자 가서 살고 싶다는 사람도 있다. 또한 가까운 사람들과의 서운함과 갈등으로 힘들어하는 이도 많다.

비단 이뿐이랴? 누구에게나 수많은 고민과 갈등이 있을 것이다.

누구나 잘 살고 싶고, 행복해지고 싶어 한다.

그러나 절망, 화남, 무기력함으로 인해 '나는 불행하고 희망이 없다.'라고 생각한다.

나는 그들에게 이런 말을 건넨다.

"불행한 이유 말고 행복한 이유 10가지를 말해 보세요."

그들은 처음엔 주저하고 대답을 못 하지만 이내 11가지 이상을 말하며 살포시 미소를 짓는다.

바로 그것이다! 행복과 불행의 차이는 나의 마음에 달려 있었던 것이다.

불행을 자주 말하는 사람에게는 불행이 찾아오고, 행복을 얘기하는 사람에게는 행복이 온다.

'남의 흉을 보거나 불평을 자주 말하는 사람과는 멀리하라.'라는 책 글귀가 있다.

불평하는 사람은 언젠가 그 사람이 나에 대해 다른 사람에게 불평하기에 가급적 만남을 기피해야 한다는 뜻이다.

행복해지고 싶으시죠?

그러면 지금 이 순간 앞으로 일어날 희망을 적어 보세요.

그리고 그 희망만 생각하고 하루를 살아 보세요. 그럼 반드시 당신은 행복한 삶을 살 것입니다.

행복은 나보다 어려운 사람, 힘들어하는 사람을 생각할 때 느낄 수 있다고 합니다.

지금도 병원에서 하루를 더 살고 싶어서 몸부림치는 사람과 굶주리는 사람들이 있답니다.

지금 나는 그런 사람보다 행복하지 않나요?

위를 보지 말고 아래를 보며 사세요. 그럴 때 비로소 내가 행복해집니다.

그 시작은 희망을 적는 것입니다.

올해 나에게 좋은 일이 생길 3가지를 핸드폰에 적어서 보관하시고 자주 들여다보세요.

그리고 이제부터는 행복한 것만 생각하고 많이 웃으세요. 그러면 좋은 일이 일어날 겁니다.

이 글을 읽는 모든 분들에게 저의 메시지가 삶의 전환점이 되며, 희망과 행복이 되길 소망합니다.

산다는 것은

요즘은 의학의 발달로 인간의 평균 수명이 80살이 넘는다.

지금의 내 나이 50대 후반! 평균 수명으로 치면 약 30년이 남았다.

이 기간 동안 난 어떻게 살아야 하나? 지난 50년의 세월을 되돌아보면, 태어나서 공부하며 30년, 직장 다니느라 15년, 사업하느라 약 15년의 시간을 보냈다.

앞으로 30년의 시간은 어떻게 보내게 될까?

예상컨대 사업을 10여 년 더 하고, 나머지 20년은 아마도 휴식을 위한 삶이 될 듯하다.

인간이 태어나서 죽는 것은 순리다!

그러면 이 땅에 한 인간으로서 살아가는 동안 어찌 살아야 하는가?

이 주제가 오늘의 사색이다.

또한 어느 책 구절 중 "오늘 내가 무의미하게 보낸 하루는 어제 죽은 자가 그렇게 소망하던 내일이었다."라는 글귀가 있다. 이 말은 오늘 하루를 충실히 살라는 뜻이다.

지금의 나의 삶은 어떠한가?

나름 시간을 쪼개 가며 열심히 산다고 하지만, 위 글귀의 의미와 같이 살지는 못하는 듯하다.

남을 배려해야 함에도 이기심이 앞서고, 남을 용서해야 함에도 미움이 앞서고, 맡은 바 직무와 책임에 최선을 다해야 함에도 나태하고 방관할 때가 많다.

전철 차창 밖으로 먼 하늘의 흰 구름이 보인다.

늘 생각하는 거지만, 구름을 보면 손오공이 생각난다. 저 높은 곳의 구름 속에서 손오공이 나를 내려다봤을 때, 나는 한 점의 모래알에 불과할 것이다.

그 모래알 한 점이 80살 전후의 삶 동안 근처에서 맴돌다 사라지는 인생이다.

어찌 살아야 할지 다시 되새긴다.

나보다는 남을 먼저 배려하자!

자랑과 오만보다는 겸손하자!

하루를 알차게 보내자!

걱정보다는 희망을 품자!

잘나가는 사람을 부러워 말고 지금 상황에 감사하자!

신세 한탄보다는 나보다 못한 이를 생각하자!

이 글을 읽는 나의 소중한 분들이여!

남은 삶을 더 의미 있고 보람된 삶을 영위하시길 진심 으로 기원하며 글을 맺는다.

나 어릴 적에

오늘은 서울에 일이 있어서 이른 아침부터 서둘러 전철에 몸을 실었다.

오이도역을 출발하여 안산을 지날 때쯤, 전철 차창 밖으로 보이는 하얀 눈을 날리는 벚꽃과 노란 개나리.

그리고 밭에서 바삐 일손을 놀리는 농부들의 모습과 주위에서 뛰어놀고 있는 아이들의 모습이 한눈에 들어왔다. 이 광경을 바라보고 있노라니 문득 나의 어릴 적 모습이 떠올라 눈을 감고 어릴 적으로 돌아가 본다.

나의 어릴 적 뛰어놀던 고향.

타인이 나에게 고향이 어디냐고 물을 때 "혹, 막걸리로 유명한 곳이 어딘지 아세요?"라고 반문하며 지역 특산물을 얘기하면 대부분의 사람들은 '포천'이라는 것을 금세 알아차린다.

나의 고향은 막걸리뿐만 아니라 이동갈비와 산정호수

로도 유명하다.

나는 시골 마을 한 농부 집안의 육 남매 중 막내로 태어났다.

그곳은 초등학교 4학년 때까지 전기가 들어오지 않아 호롱불로 생활하였고, 초가집과 논과 밭이 전부였던 전형적인 시골 마을이다.

초등학생 시절에는 가방이 없어 '책보'라 불리던 보자기에 책을 싸서 등에 메고 다녔고, 초등학교 입학식 때는 가슴에 단 하얀 손수건이 초등학생이 되었다는 표시인 줄 알고 온 동네를 뽐내며 자랑스러워했던 기억이 미소를 짓게 한다.

어릴 적 놀이는 지금과 같이 PC방이나 TV가 없어서 주로 친구들과 딱지치기, 구슬치기, 술래잡기, 자치기, 동네 야산에 올라 청팀과 백팀으로 편을 짜서 나무총 싸움 놀이 하기, 개울에서 물고기 잡고 가재 잡기….

거의 매일 놀이를 바꾸어 가며 친구들과 밤늦도록 놀았고, 그러다가 어머니에게 혼나기도 했다.

추운 겨울날, 발 시리다고 모닥불에 꽁꽁 언 발을 녹이려다가 양말을 태웠던 일, 눈 많이 오는 날에 친구들과 산에 올라가 토끼를 잡던 일, 개울을 경계로 다른 동네 친구들과 힘겨루기 하던 일, 오곡밥을 훔치러 갔다가

집주인에게 들켜서 밥솥 통째로 들고 도망갔던 일, 주전자 막걸리 심부름을 할 때 배가 너무 고파서 몰래 막걸리 한 모금 마시다가 얼굴이 빨개져서 밤늦도록 집에 못 들어갔던 일, 삐라를 많이 주워서 6학년 때 전교 반공부장이 됐던 일, 소풍이나 운동회 때 비가 올까 봐 가슴 졸이며 한숨도 못 자던 일과 어머님이 김밥 싸실 때 곁에 앉아서 꽁다리를 먹던 일….

너무도 많은 아름다운 추억들이 있다.

나는 타인에게 우리 나이 때가 그 어느 세대보다도 행복한 세대라고 말한다.

TV에서의 '그때 그 시절'의 옛 모습이 나의 어릴 적 모습이었고, 지금의 고도화된 문명도 내가 누리고 있으니 이 얼마나 행복한 세대인가! 지금 이 순간이 수년 흐른 뒤에는 옛 추억이 될 것이다.

오늘 아름다운 추억을 만들자!

하루하루가 정신없이 바쁘게 돌아가는 일상이지만 지금 내 곁의 사람들과 추억을 만들고 바빠서 한동안 잊고 있었던 소중한 사람들과 인연을 다시 이어 가자.

이 글을 읽는 모든 분들이 남은 삶 속에 많은 아름다운 추억을 만들어 훗날 인생을 되돌아볼 시점에 왔을 때 "난 정말 잘 살았다."라고 말하며 미소 지을 수 있길 진심으로 빌어 본다.

소중한 사람과
그냥 만나는 사람

엊그제 매스컴에서 인간의 수명은 남녀 모두가 80대 초반이라 한다.

사는 동안 특별한 질병과 사고가 없다면 그 정도의 삶을 산다는 것이다.

여러분의 지금 나이를 계산한다면 삶은 얼마나 남았나요?

매년 12월이 되면 모든 이들이 "엊그제 제야의 종소리로 떠들썩거린 것 같은데 벌써 1년이 지나가네."라고 하며 아쉬워한다.

삶! 그리고 인생. 누구나 거역할 수 없는 살다가 인생의 끝자락을 경험하게 된다.

우리가 살아가는 동안 많은 사람을 만나게 된다.

아마 여러분의 핸드폰의 주소록엔 많은 지인들이나

친구들이 기록되어 있을 것이다.

내 핸드폰에도 1,101명이 저장되어 있다.

당신의 핸드폰 속 사람 중에 자신이 힘들거나 어려운 상황이 닥쳤을 때 만사를 제치고 달려오며 속마음을 다 털어놓을 수 있는 사람은 몇 명이나 되나요?

2~3명만 있어도 성공한 인생이다.

난 그간 오랜 직장 생활과 사업 그리고 단체 활동을 통해 많은 사람을 만났다.

그들 중엔 그냥 만나는 사람이 있고, 만나기 싫어도 어쩔 수 없이 만나게 되는 사람도 있으며, 만나면 기분 좋은 사람이 있다. 여러분도 마찬가지일 것이다.

몇 년 전까지만 해도 날 좋아하는 사람이라면 일부로 시간을 내서 만나곤 했다.

그러나 어느 순간부터는 상대가 원하는 나보다는 내가 원하고 만나고 싶어 하는 사람을 골라서 만나는 습성이 생겼다.

조금 이기적이라 생각될지 모르지만, 내 에너지를 그냥 스쳐 지나가는 사람에게 허비하기보다는 내가 소중하게 생각하고 삶의 끝까지 함께하고픈 사람에게 쏟고 싶은 마음에서다.

사람마다 취향이나 성격이 다 다르기에 자신에게 맞

는 사람도 다를 것이다.

내 말의 요지는 많은 사람들과의 만남 중에 각자가 소중히 생각하는 사람에게 더 집중하라는 뜻이다.

올해 뒤안길에서 내 자신을 되돌아보면 좋은 사람도 많이 만났던 것 같다.

그 소중한 사람을 내년에는 더 집중하고 관계를 유지해 나가야겠다.

문득, 내가 소중하게 생각하는 사람 마음속에 '그들도 나를 소중하게 생각할까?'라는 반문이 들면서 내년엔 나 역시 그들에게 꼭 소중히 생각하는 3명 안에 들 수 있도록 더 에너지를 쏟아야겠다는 다짐을 하게 된다.

전철 창밖엔 흰 눈이 내리고 있다.
온 세상이 하얗게 변하듯이 모든 이들의 마음도 이처럼 깨끗하고 아름다웠으면 좋겠다.

하늘 가신
어머님께 드리는 편지

어머님!

오늘은 날씨가 한여름같이 상당히 덥네요.

어머님 계신 곳 날씨는 어떠세요?

아직 조석으로 쌀쌀하니까 감기 조심하시고, 추우시면 목도리라도 하세요.

어머님이 하늘 가신 지도 벌써 몇 해가 지났네요.

아직도 어머님이 하늘나라에 가셨다는 것이 실감 나지 않아서 가끔 어머님 계셨던 포천 집에 전화를 걸려던 일도 있었답니다.

"애들은 공부 잘하니?", "밥은 먹었니?", "내 걱정은 말고 너나 잘 살아라.", "내 소원은 막내가 잘 사는가 보고 죽는 것이다."라고 하시던 말씀이 생각납니다.

50세에 홀로 되시어 어린 육 남매를 키우시고, 기쁨보다는 늘 걱정과 한숨으로 사신 어머님!

이젠 어머님을 뵐 수 없고, 힘들 때 어머님 품에 안길 수 없다는 생각에 한동안 많이 슬펐답니다.

아픈 곳도 없는데 기운이 없고, 무력감에 멍한 상태가 되더군요.

그러나 이런 막내아들의 모습을 어머님이 원하시지 않는다는 것을 알기에 다시 기운을 내서 열심히 생활하고 있습니다.

어머님!

생전에 가끔 저랑 추억 얘기 하시며 웃으시던 일 기억나세요?

어릴 적, 어느 집 잔칫날이면 울타리 너머로 부르시어 잡채 등을 몰래 주셨던 일, 어머님이 품앗이로 일하실 때 점심참으로 받으셨던 빵 하나를 배고프실 텐데도 안 드시고 늦저녁 집에 오실 때 저에게 주셨던 일, 초등학교 소풍 때 씨름대회에서 일곱 명을 이겼을 때 주변 친구 어머님께 "쟤가 내 아들이라우!" 하시면서 자랑하셨던 일.

어머님!

저는 어머님이 밥을 안 드셔도 배가 안 고프신 줄 알았습니다.

뜨거운 여름날 쭈그려 앉아서 배추밭을 일구실 때 땀이 뚝뚝 떨어져도 안 더우신 줄 알았습니다.

발바닥이 갈라져 피가 나도 안 아프신 줄 알았습니다.

좋은 옷은 관심도 없으시고 생선은 머리 부분만 좋아하시는 줄 알았습니다.

외식 한번 시켜 드리려 했을 때, "난 생각 없고 고추장에 밥 비벼 먹는 게 제일 맛있단다."라고 말씀하신 것이 진심인 줄 알았습니다.

어머님의 모습이 왜소하고 초라해 보여 학교 오시는 것을 말릴 때 "그래, 알았다."라고 말씀하신 것이 진짜 오시기 싫어서 그러신 건 줄 알았습니다.

제가 투정을 부려도 씩 웃고 넘기시는 모습에 어머님은 아무 감정도 없으신 분인 줄 알았습니다.

어머님!

어머님을 떠나보내 드리고 난 뒤에야 막내아들이 철이 듭니다.

어머님도 한 인간으로서, 한 여자로서 사랑받고 싶고,

맛있는 것을 좋아한다는 것을 이제야 깨닫습니다.

생전에 "살 만큼 살았으니 어서 죽어야지."라고 말씀하시던 것이 마지막까지 자식들에게 부담을 주지 않으시려는 희생이란 걸 깨닫습니다.

어머님!

늦게나마 어머님의 사랑을 깨달은 막내를 용서해 주세요.

비록 말로써 어머님께 전해 드리지 못하지만 이렇게 편지로라도 용서와 감사의 마음을 전합니다.

어머님!

그간 육 남매 키우시느라 고생 많으셨어요!

그리고 이렇게 잘 키워 주셔서 고맙습니다.

어머님의 평소 말씀대로 육 남매 우애 있게 지내고 건강히 잘 살게요.

이젠 근심 걱정 다 내려놓으시고 아프지 않은 곳에서 편히 쉬세요.

어머님은 저에게 '인내와 용서 그리고 헌신과 열정'을 심어 주셨어요.

어머님이 가르쳐 주신 교훈을 바탕으로 이 세상 살아

가는 데 꼭 인정받는 사람과 필요한 사람이 되겠습니다.

다시 한번 낳아 주시고 길러 주셔서 감사를 드립니다.
그리고 고맙습니다.
어머님의 아들이라는 것이 자랑스럽습니다.

다시 하늘나라에서 만날 때까지 편히 쉬세요!

막내아들 올림.

어릴 적
하얀 손수건

난 출근 전 바지를 입을 때면, 가장 먼저 챙기는 것이 손수건이다.

요즘엔 어디를 가도 물티슈가 있어서 손수건을 사용할 일이 별로 없지만, 그래도 바지 뒷주머니에 손수건을 넣는 건 생활 습관이 되었다.

난 어릴 적 손수건에 대한 추억이 있다.

1971년!

그 당시 초등학교에 입학하는 때엔 모든 신입 학생들이 왼쪽 가슴 겉옷 위에 손수건을 달았었고, 그 손수건은 초등학생이 되었다는 표시라 생각했다.

난 들뜬 마음에, 입학 한 달 전부터 손수건을 달고 온 동네를 자랑하듯 휘젓고 다녔었다.

그때 그 시절엔 워낙 가난했기에 학교를 못 다니는 아이들이 많았고, 학교에 간다는 것은 뿌듯함이고 자랑이었다.

지금도 생생한 초등학교 입학식 날, 굵은 옷핀으로 하얀 면 손수건을 가슴에 달고 또래 친구들과 운동장에 모여 "앞으로 나란히. 팔 뻗어 간격 맞춰." 하며 교장선생님의 훈시를 듣던 기억이 난다.

또, 방과 후 동네에서 뛰어놀다가 콧물이 나와도 가슴에 달린 손수건보다 팔꿈치 옷소매로 콧물을 닦아서 옷소매가 콧물로 반들반들하게 변했던 기억이 있다.

다른 친구들도 거의 다 그랬었다.

그 당시, 가슴에 달린 손수건은 지금의 명찰과 같은 의미였다.

어언 50년이 지난 지금, 가끔 바지 속의 손수건을 볼 때마다 그때 그 시절 회상에 미소를 짓는다.

나에게 손수건이란, 예쁜 추억을 가져다준 보석 같은 친구이다.

아들의 사회 첫 발걸음

2021년 2월 1일!

아들이 사회로 향해 첫발을 내딛은 날이다.

사람들은 세상이 전쟁터라 말하지만 아들에겐 꿈을 실현하는 터전이 되리라. 세상이 고되고 힘들 거라 말하지만 아들에겐 즐거운 놀이터가 되리라.

착하고, 지혜롭고, 긍정적이고, 적극적인 아들!

둘도 없는 아들의 사회 첫 발걸음을 아빠가 늘 곁에서 응원한다.

당당하게, 자신감 있게 모든 걸 하나님께 맡기며 기도하여 훗날 아빠의 모습이 되었을 때, 너의 자녀에게 "아빠는 이렇게 살아서 행복했다."라고 말할 수 있기를.

아빠는 아들을 볼 때마다 너무 뿌듯하고 자랑스럽단다.

아들이 내 아들이란 게 너무 뿌듯해.

아빠의 아들로 태어나서 감사해, 아들!

아자아자, 파이팅!

둘도 없이 소중한 딸

아빠는 딸 바보라 한다. 그 말이 맞는 듯하다. 예쁘고, 착하고, 지혜롭고, 효심 깊은 내 딸! 이런 딸의 아빠라는 것이 자랑스럽다.

사랑하는 딸아!

살면서 때론 내 생각대로 안 되어 힘들 때도 있고, 사람에게 상처받고 또 이런저런 걸로 속상할 때도 있을 거야.

그때마다 "그럴 수도 있지, 사람마다 생각이 다 다르니까." 하며 씩 웃어넘기렴.

혹자는 삶이 힘든 거라 말하지만, 아빠가 살아 보니 행복은 마음먹기에 달려 있더구나.

어릴 적부터 매일 잠자기 전에 기도하는 모습을 지켜보면서 하나님께서 우리 딸 살아가는 동안 큰 축복을 주실 거라 믿어.

모든 것을 하나님께 맡기고 지금에 감사하고 즐겁게, 여유롭게, 당당하게 살렴.

우리 딸을 아빠가 곁에서 항상 응원하고 함께할게.

딸, 아자아자, 파이팅!

환갑 맞은
형에게 보내는 편지

형~ 형이 벌써 환갑을 맞이했다니, 실감이 안 나네. 또래 그 누구보다도 젊어 보이고, 50대 초반으로밖에 안 보이는데.

어쨌든, 환갑 맞이한 걸 진심으로 축하해. 형의 환갑 선물로 무엇이 좋을까? 고민하던 차에 그간 약 60년간, 곁에서 형을 지켜본 나의 생각을 글로써 적어 보는 것도 괜찮겠다! 싶어서 몇 자 적어 볼까 해.

형!

난 아는 지인에게 형을 소개할 때 "우리 형은 내가 이순신 장군보다 더 존경하는 사람이다"라고 늘 말하곤 하지.

그만큼 나에겐 형이 존경의 대상이고, 옛말에 "형만 한 아우 없다"란 말을 실감 나게 만드는 형이지.

형의 생전 어머님을 향한 효심은 그 어느 역사 속의

효자와 비교해도 손색이 없을 것이고, 집안의 수많은 대소사와 6남매의 애경사에서도 늘 솔선수범하고 챙기는 모습에 '참으로 대단한 사람이다'라고 느꼈어.

이 말을 하면 형은 "누구나 다 하는 일이다"라고 말하겠지만 결코 누구나 다 그렇게 할 수 있는 일은 아닌 듯해!

난 형의 그런 모습을 볼 때마다 내가 그렇게 하지 못함에 늘 미안했지만, 그런 형이 내 형이라서 고맙고 뿌듯했어.

그리고 형!

형은, 나에게 그 누구보다도 특별한 사람이야. 지금도 내가 많이 부족하지만, 이만큼 이 자리에 있게 된 것도 우리 6남매 형님·누나들, 큰 매형, 형수님들의 도움도 컸지만, 특히 형이 있었기에 힘든 역경 속에서도 버틸 수 있었던 든든한 버팀목을 삼을 수 있었던 것 같아.

형!

형에 대한 옛 추억이 몇 가지 떠오르네.

국민학교 시절, 학기말 시험 때면 내 성적이 떨어질까 봐 형의 시험이 끝났는데도 곁에서 밤늦도록 함께 있어 주던 일, 내가 재수하던 시절에는 청평 자취방에 함께 지내면서 형의 적은 월급을 쪼개며 서울로 학원을 다니게 해 주고 공부에 지치지 않도록 힘을 주었던 일, 내가 대학교를 다니던 시절에는 등록금과 생활비가 부족하면 형의 용돈을 절약해서 보태 주고, 직장 생활과 결혼 생활을 병행할 때 어려운 일이 있을 때마다 수시로 찾아와서 격려와 용기를 주었던 일.

이 밖에도 형에 대한 고마움과 감사함이 너무 많지만 다 글로 쓸 순 없고, 내 가슴속에 영원히 담고 있을게.

형, 이 자리를 빌어 다시 한번 진심으로 고맙다는 말을 전할게.

형, 인생은 60부터라고 했지?

그간 공기업 한 직장에서 40년 동안 일하다가 정년퇴직을 한 것도 대단한 것 같아.

그만큼 성실했다는 증거지.

또한, 듬직한 삼 남매의 아빠로서, 자상한 남편으로서, 육 남매의 한 식구로서 여러 가지로 정말 애 많이 썼어.

이제부터는 좀 더 여유로운 삶을 보내고, 여행도 다니고, 행복한 시간들을 많이 갖길 바라.

다시 한번 정년퇴직과 환갑을 맞이함에 나와 온 가족과 이 자리에 모인 모든 사람들을 대신해서 진심으로 축하해!

참, 지금의 형을 있게 한 형수님께도 이 자리를 빌어 감사의 말을 전합니다.

도돌이 후회

중학교 2학년 때, 아버지가 갑자기 객지에서 일하시다가 하늘나라에 가셨다.

전날, 껌 한 통을 사서 6개 중 5개를 주셨었는데, 감사인사를 못 드린 것이 후회된다.

약 10년 전, 어머니가 하늘나라에 가셨다.

80세가 좀 넘으셨지만 크게 아픈 데가 없으셨는데. 막내아들이 오는 걸 좋아하셨지만 먹고사는 삶이 힘들다고 자주 찾아뵙지 못했다.

나의 실없는 농담을 좋아하셔서서 "실없는 놈."이라고 말씀하시며 함박 웃으셨는데, 그 웃음을 더 많이 드리지 못한 것이 후회된다.

약 4년 전, 사랑하는 아내가 하늘나라에 갔다.

설마 이렇게 천국에 갈 거란 걸 단 1%도 생각 못 했는데, 30년 함께 살면서 사람 때문에 힘들어하는 걸 알면서도 더 많은 공감을 못 해 줬고, 1년 동안 투병할 때 더 많은 시간을 곁에 있지 못하고, 통증과 무서움을 더 많이 위로해 주지 못한 것이 후회된다.

매번 도돌이표 후회!

난 바보인가 보다.

인생은 되돌릴 수 없고, 멈추지 않고 흐르며, 언젠가는 사랑하는 사람들과 헤어짐을 알면서도 반복되는 후회를 한다.

영원히 함께 있을 것 같았고, 삶의 날들이 많이 남은 줄 알았고, "내 삶이 안정되면 효도도 많이 하고 가족들과 여행도 다니고 추억을 많이 쌓아야지."라는 마음을 가졌던 내가 바보 같다.

아무리 바쁘더라도, 아무리 삶이 힘들어서 여유가 없더라도, 아무리 돈이 없더라도 인생은 그냥저냥 멈추지 않고 흘러가고, 사랑하는 사람은 기다려 주지 않는다는 걸 너무 늦게 깨달았다.

또다시 도돌이 후회를 하지 말자.

언제가 끝일지 모르는 인생, 오늘 하루를 나 자신을 사랑하는 데 쓰고, 내 주위의 사랑하는 사람들을 위해 따뜻한 말 한마디, 문자 하나라도 더 남겨야겠다.